祝祭明け

草野早苗

思潮社

目次

Ⅰ 告知

Ⅱ 手紙

装画＝辻　憲　装幀＝思潮社装幀室

Ⅰ 告知

告知

さっきからガブリエルは
扉の前を行ったり来たり
もう一度今日の服を確かめて気を紛らわす
天使界のファッションをリードしてきた大天使
今日の服は清楚でもなく派手でもなく
虹色の翼が美しい

「なんてことだろう
　こんな重大な役目を」

告知方法その１
思い切って扉を開けて
蒼ざめた顔で座っている乙女に告げる
「あなたの体に神の子が宿っておられます」
懐に隠し持ってきた白百合を差し出し
聖母となる人に敬意を見せる
乙女は驚愕のうちに思わず花に手を伸ばすが
受け取る指がおぼつかない
どこかで鐘が鳴っている

告知方法その２
思い切って扉を開けて
蒼ざめた顔で座っている乙女に告げる
「あなたの体に神の子が宿っておられます」
両手を胸の上で交差する
それは乙女への深い思いやり

乙女は驚愕と不安を抱えつつ
謙虚に両手を胸の上で交差する
どこかで仔羊が鳴いている

画筆を置き
胸の上で両手を交差する画家フラ・アンジェリコ
フィレンツェの僧院の中庭に咲く野の花の静謐

傘の行列

東から来た魚が扉をたたく夜
小さな手のひらが乾いて気持ちがいい
小さな手のひらの持ち主たちは悟る
もう正しい嘘をつかなくてよいのだと
家から離れて旅立つ時が来たことを
口ごもらずに言ってよいのだと

声にならない叫び声に
直径のまだらな雨が降る
窓に雨音の乱反射

傘に落ちる不定なリズム

黄色や緑の小さな傘の行列が
飛び跳ねながら角を曲がって
消えてゆく夜更け
町に無いはずの鐘の音が響く

魚が雨に煙る大気を泳いでゆく
家々の窓に灯りがともり
人影が揺れている
窓を開けずに見ている
この町の別れの儀式

灯りのともらない窓はひとつだけ
親のいない家から出てきた小さな影を
銅色の魚が背に乗せる

やがて尾鰭も角を曲がって
消えてゆく　もういない

渡る

薄墨色の小柄な猫が
かすかな音を立てて
ベッドに跳び乗ってくる
本を読んでいた膝の上に座る
耳たぶや顎に触れると
金属の硬さと氷の冷たさ
体はすぐに透明になり
触れていた指先が宙に浮く

七日目の夜明けに

ここにいてはいけないと告げた
もう首に陽だまりの匂いはなく
瞳が碧い湖のように揺れているのだから
川を渡ることを迷ってはいけない
次の舟が来たら乗りなさい
対岸の茅花の揺れる野で
私も知らない母猫が
きっと待っていてくれるから
茅花よりもなめらかな尻尾を
天に伸ばして

振り返りながら去って行った
金属質の匂いが残り
シーツが碧く湿っている
さようなら
魂を分けた私の友だち

魂は半分ずつ永遠に
夕方　窓硝子が一瞬揺れた
舟が出て行ったのだ

パティオ

蔦に覆われていた古いアパートが解体されて
しばらく骨組みだけが残っていたが
それも取り壊されて
半年後に建ったコンクリート打ち放しの家
三階建ての中央には空に続くパティオ
その真ん中にレモンツリー
晴れの日は金色に
雨の日は透明に

その家の犬が私になつくものだから

住人と言葉を交わすようになる
川向こうの首都からやってきた建築家
この家も作品のひとつ

建築家は知らない
ドアに通じる石段に座っている白黒の猫が
古いアパートにいた三毛猫と
鉤形に曲がった尻尾がそっくりなこと
建築家はそれよりも不思議なことを話す
レモンツリーにインコが居ついて
表札を出すくらいに我が物顔をしていると

日暮れ時　パティオに飛び入るインコを見た
古いアパートの老人が飼っていたインコは
黄色い顔をしていたが
パティオのインコは赤い顔

インコは私をじっと見つめる
私が頭を軽くさげる仕草をすると
嬉しそうに笑うように頭をさげる真似をした

回収車

いらない子どもはおらんかね
男でも女でもどちらでも
五歳にならない子どもはおらんかね

自転車で黄色い木製の箱を押し
箱には三歳くらいの男の子の人形が
青いフェルトの帽子を被って座っている
自転車の男は　緑と茶色のチェックのチョッキを着て
黄色いミモザを編みこんだ帽子を被っている

並んで通りを歩いていた優子さんが
自分は昔あの箱に乗ったと言った
ほかに四人子どもがいたそうだ
優子さんは子どものいないお金持ちに育てられた
チョコレートとワンピースと好きなだけの本
私たち子どもが昔　夢見たように

街のはずれの銀杏の木
優子さんが呼びかけると
クックツと笑うように枝が揺れる
――この木は一緒に箱に乗った芳雄なの
ほかの三人の消息を聞くと
沈黙のまま頭を横に振る
知っているのだ　多分

二階のカフェの窓から街路を見下ろす

大人の回収車は来ないものかと言うと
賢い優子さんは微笑む
回収車が来なくても
誰でも自分を待っている扉を目指しているから大丈夫と
それでも　大人の回収車を夢見て待つ
もう病気のことも何も心配しなくていい
黄色いミモザでいっぱいの木製の箱

満月

六月の梅雨入り前の朝
草刈り道具を袋に入れて墓地に出かけた
バス、電車、電車、バスを乗り継いで
都営墓地区画３まで二時間半
墓誌に名のあるらしい六名が石段に座って待っていた
「来ると分かったので少しだけ掃除しておいた」
と言ったのは　会ったことのない多分祖父の母親
和菓子とビスケットと麦茶を分け合ったあと
「久しぶりに家に行く　満月だし」と六人が言い出し
それぞれが薄いベークライトのような材料の

皿状の帽子を頭に載せた
バス、電車、電車、バス
影のような六人になぜか必ず席が空く

家で夜まで過ごした
冷麦の赤と緑の色麺を取り合った
祖父母は自分たちの写真を見て
「こんな若い時もあったね」と笑い合っている

「そろそろおいとまする」と言う
六枚の皿のような帽子が空に浮かび
次々に満月に重なり
部屋には誰もいなくなる

言えなかった
墓仕舞いの話が出ているなんて

六人も何も言わなかった
多分知っているのだろうけれど
キッチンのグラスに
墓場から持ってきたらしい
露草が数本差してある

うさぎ

初老の大男が
バケツに処分したものを入れると
五歳の少女の前を通って母屋に入っていった
びっしりと雑草が生えている裏庭

少し離れたところにそれはあった
雨戸を八分割したような大きさの板の上に
胸や腹は空洞で
四本の脚と顔と耳が残っている
耳を釘で留めてあるので

内臓をなくした体の皮がユラユラ揺れている
少女はじっと見つめていた
ここにいたら自分もこのうさぎのようにされてしまう
どうしたら逃げられるかと思ったが
子どもではどうにもならず
うさぎも少女も風にユラユラ揺れていた

父と仲の良かったボテロの絵のようにふくよかな女が
少女を連れて南の島に帰省したのは秋
胸に白いリボンのついたウールの青いワンピース
ビニール製の黒い靴に子ども用のハンドバッグ
こんな風に少女を着飾らせて
母親知らずの少女を手元に置いて
いったいどうするつもりだったのか

ボテロの絵のようにふくよかな女の父親に

うさぎにはされなかったけれど
東京に戻ってからますます無口になった
父にうさぎが欲しいとだけは言ったが
買ってはくれず　期待もせず
あの時から少女は大人にもなれずに
風の吹く日には
うさぎの影と一緒にユラユラユラユラと
揺れている

冬の森

町から北の森に行く電車に乗った
電車は一時間ほど
大蛇の体内のような地下を走っていたが
尻尾から飛び出すように光に入って行く
大河の鉄橋を渡る

今日　久しぶりに外に出たのは
雪催いの空を見たから
これなら影がないのに誰も気づかないはず

森に影がいることを知った
百舌鳥がそう告げたから
櫟の木立の後ろにそれはいた
座ってこちらをうかがっていた
光が薄いので
薄紫の影はゆらゆらとおぼつかない

なぜ離れたのか　と影に聞いた
あんたがつまらないから　と影は応えた
——あんたはどこへ行っても何を食べても
何も見てない　感じない
アーフェルカンプのスケートの絵のように
心を隠して観察しているだけでしょう
——そんなことか　そんなこと
一緒に冬の森を歩いてみようよ
百舌鳥や椋鳥もいるみたいだし

影は照れたような仕草で
足元から合体した
薄日が射してきたが
自分が戻ったからではなくて
天気予報でそう言っていたと
影は相変わらずの乾いた調子で言う

百舌鳥がからかうように鳴いている

機窓

夜間飛行に夜が来ず
太陽が見えないのに翼が光る
タイガは蒼色に沈み
所々に村や町の灯りと
石切場の灯りが見える
大陸から北の海に注ぐ幾筋かの大河
地上の人々は
遠い他の村や町の灯りや
はるか彼方の河を知らず
石切場に毎朝働きに行くかもしれない

北の果てに海岸線が霞んでいる
一生海を知らない人がいるかもしれない
それらすべてを機窓から見下ろす淋しさに
喉を両手で包む
聞こえるはずのない犬の遠吠えが聞こえる

毎年夏になると
祖母は幼い私を連れて
日本海の町に帰省した
特急だってあったのに
都心から夜行列車に乗ったのは
朝に故郷に入ってゆく自分を
夢見ていたからか
まだ暗い柏崎
薄暗い親不知子不知
市振の海岸

祖母の兄の家で三日間
朝に茄子と裏山のミョウガの味噌汁を食べ
あとは山あいの湯治宿でひと夏を過ごした

機窓に浮かぶ親不知子不知
市振の海岸
ボストンバッグをひとつ下げ
山あいへのバスに乗る老婆と
痩せたおさげ髪の少女

シベリアの果ての海に
日本海の波が打ち寄せ
いつまでも暮れない空のなか
地軸が傾いたようにタイガが揺れる

小雪の夜のヨセフ

小雪のちらつく夜
仕事帰りの大工たちは
早めに忘年会をやろうと思い立ち
居酒屋でもつ鍋を囲んだ

長髪を髷に結んだ若き父親に
仲間たちが声をかける
「その年で自分の息子以外に
甥っ子姪っ子六人も一緒に
面倒みているとは」

「役所から給付金、もらえたか?」

「息子だけ誰にも似てないいな」

「やけに成績がいいし、級長だってな」

仲間たちがみせる微かな好奇心

あの頃のことは忘れない
国勢調査が始まったあたりから
戸籍登録　出生届けのあたりまで

何があってもマリアが好きだ
いつだって　これからも
マリアが大好きな
百合の花を買いたかったが
季節外れで買えやしない

小雪の舞い落ちるホームで

ヨセフは各駅停車の電車を待つ
ヨセフは雪のかけらのように
親の務めを果たして消えてゆくが
今夜それはどうでも良いこと
早く妻や子どもたちに会えるといい

Ⅱ 手紙

壺

壺が好きだが
いかにも壺らしい壺という文字も好きで
イヤリングにして下げたくなる
壺でも文字でもどちらでも

もう旅行鞄を持つのは止める
籐のつるで編んだ籠ひとつ持って
出発する
隣の町へもヨーテボリへも

汗をかいたTシャツは
洗って干せばすむことで
その間に沐浴をする
蜂が髪に止まるがそのままに

ガイドブックにも載っていない北の町で
壺に出会えたら幸せ
中から聞こえてくるのは
ト短調のメロディー
囁きのような我儘のような嘆き
籐のつるで編んだ籠に入れて持ち帰る

雨の日も晴れの日も嘆いている
ト短調のメロディーで
壺の形のイヤリングが同調する
部屋に音符が舞い

紫色に輝いている
Tシャツを洗剤で洗う
旅の疲れを取ってあげる
私も疲れたので
壺に入って眠る

石段

港へ直進する大通り
古い石造りの建物にある
薄日の射す石の階段
断りもせず下から八番目に座る

港の岸壁から海に下りる石段
使われているのかいないのか
海水が行き場を失って諦めたように石段の足を洗い
私はその少し上の段に座る
新種の鱗甲目の動物のようにまだらに光る波頭で

自分の体もまだらになる

宍道湖に下りる朝の石段
三角西港に下りる午後の石段
セーヌ川に下りる夜中の石段
寺の、教会の、裁判所の、墓地の石段に
私の体と魂は座る

湘南の海に近いマンションの外階段
私は紅茶のカップと本を一冊持ち出して
春から秋の日暮れ時に座っていた
きまって下から八番目の段に
海が見えないのに
足元まで潮が押し寄せる匂い
見えない将来と波を思った

その町を去ることになった日に
心の底の水に沈めた
町、外階段、ここでずっと生き続けられる人々を

どの国のどの場所の石段に座っても
あの海岸の町の外階段に置いてきた
紅茶のカップと一冊の本が淡い光を放っている
たちまち辺りは日暮れの潮の匂いに包まれる

梅雨入り

区内で二番目に高い丘
バス停は標高二十六メートル
そこから丘の上の家まであと十四メートル
途中に広がる野原は窪んでいて
水が貯水池に流れ込むはずが
日照りが続いて窪地は乾き
蜥蜴も底で動かず
日陰でチャコールグレーの袋のようなものが
風でヒラヒラとしているが
そばに寄ればロングコートを着た河童

酸性の匂いがあたりに漂う

今年最後の茅花がいっせいになびき
音を立てて落ちる水の珠のような雨
梅雨入り
蜥蜴が列をなして坂道を流れてゆき
緑の薄葉は透きとおり
アガパンサスが触手のようにしなる
河童がどこに行ったのか分からない

坂道をバス停まで水に足を取られながら
転げ落ちてゆく
貯水池の容量ももう限界かもしれない
バスのなかは蒸気で煙っている
隣に湿った匂いの乗客が座る
群青色のロングコート

同じ色のレインハットを被っているが
不自然な指の重なりを見れば
それが誰だか分かる
なんだか生き生きしていて笑いたくなる
雨脚が激しくなる

駅前広場

吟遊詩人が歌っている
駅前広場の銀杏の木の下で
歌っているのは
岩石のこと　水のこと

彼の目が紫蘇色で白目がないのは
長年　地底湖をさまよってきたからだ
まばたきをするたびに
波が寄せる　波が引く

流紋岩　安山岩　玄武岩
海底二千メートルから立ち上がり
海面に百メートルだけ見える岩礁
波が荒くて海鳥しかとまれない
尻尾しかない海蛇
誘因突起しかない深海魚
火山の炎より紅い一輪の花
吟遊詩人は人について歌わない

駅前広場の銀杏は
人だった頃を思い出して体を揺らす
人は半透明な影となり
一瞬　砂礫のような雨が降る
遠くの火山で爆発が始まる
近くの火山で爆発が始まる
地底湖が隆起する音が聞こえる

吟遊詩人は歌の途中の口元のまま石となる
広場はすべて
穏やかに石化する

銅色の街

山間部の襞のような場所に
その街はあるが
鉄道も通り　急行も停まる
昔　錫を採っていたのだ
線路づたいに
プラットホームよりまだ長く
セメント工場が伸びている
（かつては精錬所だったらしい）

夕暮れて

街は銅色の残照のなかに沈む
通りに赤いランタンが灯るころ
屋台で竜眼を一房買う
歯の欠けた老婆に銅貨を渡し
宿への道をたどる
ふり返れば
銅色の最後の光は影を含み
巨大なセメント工場が黒々と浮いて見える
踵から怖れがのぼってくる

宿の部屋で夕食代わりの竜眼を貪りながら
自分に疑問を投げかける
鉱山や採石場や地質に心惹かれる私は
いったいどこから来たのかと
セメント工場ではなくて精錬所だった一世紀前
私はここに居たことはなかったかと

晩夏

湖は南北に長く　レンズ豆の形をしている
北の奥に小さな滝があるらしく
遊歩道が伸びている
季節の変わり目の大気のぶつかりに
鈍色の鳥が舞い上がる
過ぎ行く夏　湖の静寂
上空から見たら　針葉樹の森にある湖は
開いた目かえぐれた皮膚のように見えるのだろうか
貸別荘は三棟あるが　二棟に人がいるのか分からない

たった一本渡された鍵を　なくしてはならない
ここに画集や詩集を持ち込んで　三日間過ごすのだ

居間に誰かいる気配
ドアを開けると
白髪の老人が　窓際の椅子に座って本を読んでいる
私の持ってきた本を
膝にいるのは柿色の小猿
こちらを見てカカとかキキとか言った
小さな灯りが一人と一匹を劇場のように照らす

老人と小猿は二晩現れた
三日目の朝　湖の畔に老人は座っていた
柿色の小猿がこちらを振り返り
カカとかキキとか言った
老人が熱心に目を通していたモジリアニの画集を

寝室の窓際の椅子に置いてきた

季節の変わり目には時空の間に魂が落ちる
一週間経って忘れたころに
一通の長い手紙が届いた

体の中に降る雨は

朝から空は宇宙を感じさせるほど深く
せっかく仕事を休んで病院に行くのだから
午後には動物園に立ち寄って
お気に入りのハシビロコウに
検査結果の報告をする予定を立てた

医師が結果を告げた時
私は知った
自分は三角錐を登り切り
すでに反対方向に下り始めていたことを

これからの光景が変わってゆくことを

体の中に降る雨は
みぞおちのあたりで宙水となり
それは地底湖よりも静謐で
五臓になぐさめのように滲みてゆく
脳へ水が上がる力はもう無くて
首から下がびしょ濡れのまま
動物園のゲートをくぐる

普段は遠くに立っているハシビロコウが
今日はヒタヒタと寄ってくる
体の中に降る雨は
周囲の木々にも雨を呼び
ビーズのような驟雨に濡れながら
ハシビロコウと私は

金網ごしに見つめ合う
小さな瞳が揺れて奥に波が見える
私は私を離れて椎の木の下に立つ
ハシビロコウと
それと同じくらいの小柄な女性が
雨上がりの穏やかな秋の日を浴びて
影絵となって浮いている

浜辺にて

浜辺を裸足で歩いていたら
雨が光のように落ちてきた
雨は海にも浜辺にも降り注ぎ
髪や爪や睫毛がずぶ濡れに
体のカルシウムが反応して
光を反射する
この雨の色の波長はどのくらいか

やがて雨はおさまり
沖を船が過ぎてゆく

水平線と平行に
カルシウムが見えない指で差し示す
あれは遠い祖先の持ち船と
突然の稲妻が私を船に瞬間移動させようとするが
カルシウムが抵抗して
髪も爪も睫毛も紫色の光を放つ

私は古い流木に腰をおろし
すっかり放電し終わると
骨がなくなっているのに気づく
生麩のような体が流木に座っている
こんなことなら
あの船に乗ればよかったかと思うが
足元の浜菊の白が美しいので
日暮れのなかでじっとする
体に電磁波が押し寄せ

半透明な皮膚を通して
臓器が七色に輝く

手紙

渡り鳥の去ったあとの湖は
ただの大きな水溜まり
特におしゃべりな白鳥は
綿密な計画に沿って飛び発つと聞くが
私にはそれは突然のこと
昨日　花輪を作って首にかけようとしたら
首を振って拒絶した鳥は
もうどこまで飛んでいるのか

神から与えられた
ＧＰＳとジャイロスコープで

編隊を組んで渡ってゆく
無線を飛ばして　交信を試みる
いまごろどこにいるのかと
返信は来ない

星の輪郭がくっきりとした夜に
郵便受けに届いていた手紙
水のような空のような
触れても感触のない封筒
羽ペンで書いたような
波の重なりにしか見えない宛先
薄い雲母のカードが二枚入っている
一枚は白い平原にそびえる
細い煙を垂直に吐く活火山
もう一枚は　針葉樹の森のなか
人の住む村の家々のほのかな灯り

ひび割れ

春の奥の
名前を聞いても文字が浮かばない土地で
線路にひび割れがあるので
電車が運行見合せするという
これだから地方鉄道の乗り入れは
嫌になってしまう

紫木蓮の列が線路沿いに
駅から川岸まで
葬列のように続いているので

仕事に行かないで
列に加わってもいい

昨夜は急に大気の温度が上がったので
列島の卵という卵がひび割れる
卵を孕んだながむしに触れた線路もひび割れる
もうすぐ紫木蓮もひび割れて
魂が蒼穹に舞い上がる

間もなく運転再開とのアナウンス
ながむしは原っぱを波打って進み
春の奥の
名前を聞いても文字が浮かばない土地で
川は滝となって流れ出し
舞い上がった魂は行き場を失い
蒼ざめた成層圏まで昇ってゆく

訪う者

はじめに闇ありき
光が無いのに影
闇の中の影

そして突然の光
闇が紅くなって流れてゆき
影は元々なかった形をもっと失い
光は球となり　流体となり　金属となり
また光となって輝くのは
自家発光しているから

そんな遠い次元から訪う者
マッキントッシュのジャケットなど
クールな風情で着込んでいるが
その下は体が透けて骨が輝いている

訪う者は
烏瓜のランプを作りたいと言う
森に行って烏瓜を集め
もう私は何もいらないので
烏瓜をくりぬいて
小指より小さな蠟燭を立て
訪う者の光を移して
心優しい人々の家の前に
ひとつずつ置いた
誰が心優しいかは

訪う者がよく知っていた
戸を開けたら心優しく驚くだろう

もう何もいらないね
いらないね
あなたも私も

訪う者は
烏瓜のランプをひとつ差し出した
「おまけ」と言って
それは球となり　流体となり　金属となり
また光となって輝く
訪う者と私は
光の構造と命の長さについて
遠い鐘の音のようなかすかな声で
話し続ける

Ⅲ　祝祭明け

釘

懐から取り出したものは
一本の釘
解けない氷でできているのが分かる

長い旅をしてきた詩人は言う
生まれた時からこの釘を持っていた
心臓を打ち　魂に触れ
その度に言葉が脳髄から溢れ
頭蓋に反響した
と

心臓の傷を見てみるかと聞かれたが
頭を横に振った
それは傷というものではなくて
かすかに光る魂だけになっているのを
知っているから

長い旅をしてきた詩人は言う
誰でも釘を持っているのを
私は知っていると
気づかないで生きているだけだと
頭を横に振った
釘など見たこともない
詩人は私の耳の後ろから
小さな釘を取り出して見せた
エメラルド色の材質不明のリベット

育ててゆきなさい　心臓は少し痛むけど
詩人は満足そうに私の瞳を覗きこんだ
私も詩人の瞳を覗きこんだ
瞳のなかで　言葉が波となって押し寄せている
私の瞳には何が映っているのだろう

もう声を出すことはなかった
穏やかな初夏の風のなか
詩人と私は時間を捨てて座っていた
無言の言葉で互いの言葉を慈しみながら

地球

すべてのものに
終わりがあるのなら
地球は今どこにいるのだろう
古くなった皮膚の角質が剝がれ落ちる
森や草原や湖や海が剝がれて舞い散る
宇宙に響く遠い叫び

銀河から伸びる細い両手が
地球を手のひらで包み込む
瑪瑙のような指先で

地球に圧力をかける時
踏切の向こう側で
少女が自転車に乗って
電車が過ぎるのを待っていた
瑪瑙のような指が離れる
骨が見えるくらいに
透明な両手が離れる

北の岬は切り立った断崖を持ち
渦巻く海流が白波となって崖を打つ
風が強いのに
老人が広葉樹の苗木を植えている
耳が遠くて天空の叫びが聞こえない

少女が自転車をこいで
踏切を渡る

雲が天空を離れて下降する
苗木が風に穏やかに揺れる
葉っぱが少女の肩に落ちてくる
まるで薄い皮膚のような軽さで
植物なのに遠い海の匂いがする

フリージア

防波堤から見る海面は
紅く縁取られた濃紺の波の重なりが鱗のようで
水平線が揺れておぼつかない
近づいて来る薄紫色の影
私は知っている
影は一本のフリージアを持っていることを

教科書に印を付けた
試験に関係ない言葉の数々
半島　十字軍　フリージア　方解石

北極星　広場　修道院　湖　早春
心臓の右側が温かくなる

確かめるために歩き始めた
自分の町から海の向こうへ
長い笛を吹く人
碧の宝石を売る人
円形広場を横切る牛の匂いの男
柵越しに柘榴を投げてくれる島の僧侶
視線　うなずき　指の合図
探している人　違う人

別れのための出会いは出会いのための別れ
別れの数が出会いの数より多いのはなぜ
指の合図で気がついた
探している影は　必ず花の印を持っていると

骨色のフリージアは爪、肩、瞳、背中に現れた
すれ違う時の微かな匂い
生花を髪に挿してすれ違う若者の影
それは古代　中世　今日　百年後

私は思い出す　古代にフリージアをくれた人
時を重ねて直方体を作れば
左側面に現れる紋章のような一本の花
出会いの場面を思い出しても
別れの理由を探ってはいけない
そんなことをすれば
花はたちまち枯れて落ち
影も私も硬く蒼い砂になる

焚火

疫病が町を覆ってしまい
不要不急の外出を控えるようにと
市長さんや町長さんがおっしゃるので
霧の出てきた夕方の通りは
鮮やかな赤や黄色のコートを着ていても
くすんだ鋼色にしか見えない

家路の途中で教会の庭を覗きこむ
聖堂に灯りがともっているといいのだけれど
ステンドグラスを通して灯りは見えず

司祭館も信徒会館も箱のように暗い
前庭で数人が集まって
禁止されている焚火をしている

あたたまっていきなさいと
旅の途中らしい三賢者の一人が言う
ヨセフが黙ってパンをくれる
火をかき混ぜていたヨハネが
電話番号を書いた粘土岩の薄片をくれる

サイレンが鳴ったので
家路を急ぐ
坂道を上っていると
道の真ん中を下りてくる影
白詰草の青い匂いが輪郭を作り
灰色の羊だと分かる

どこかに伝言に出かけて
教会へ戻るところかもしれない

夜更けに星が出た
ヨハネがくれた電話番号を押す
無言のままに電話は切れる
振り返るとテーブルに
小さなランプが光を放っている
灰色の羊が扉を出てゆく姿
白詰草の青い匂いで
部屋は護られる

ブルージュ

フェルナン・クノップフの画集は
いつから自宅にあったのだろう
少女の私はそのベルギー印象派の作品群に
怖れとともに目を凝らし
少女から大人になっても怖れは消えず
年を取っても怖れは消えず
それが滅びてゆくものの美しさと
思い始めたのはつい最近のこと
残照のブルージュ

私はそこを何度訪れただろう
画集で　肉体で
十六世紀に貿易港だった町は
砂が堆積して港の機能を失い
砂に埋もれるように滅びていった

地球に疫病が流行り
島国日本にもたどり着いた
夜明けの街路を歩いて気づく
これは少女のころから
なじみの深い光景ではなかったのかと

曙光が街路を照らし
街路の薄緑が光に透けて美しい
裏道のところどころに
薄墨色の疫病が潜んでいるが

私は歩くのをやめることができない
住み慣れた港町が廃墟となっても
薄墨色の疫病が犬のようについてきて
体を半分失っても
私はこの妙に明るい初夏の街路から
ブルージュにたどり着くまで
歩くのをやめることができない

戸籍

突然ドアを叩く音
細めにドアを開けると羊が立っている
灰青色の体と薄緑色の瞳
どこかで会ったような面立ち
突然現れるなんて驚くじゃないかと言おうとしたが
インターフォンに届く背丈でもなく
カメラに映る背丈でもないと思い直し
何か用事かと問う前に
養子縁組をしてくれ　と言う
どちらが親でどちらが子どもなのか

戸籍謄本は持っているのかと問う寸前に
戸籍謄本はこれだと
キッチンペーパーのような巻紙を見せる
ほどくと柔らかな包帯になる
これでふたりで包まろうと羊は言う

包帯は家具を巻き家を巻き
ドアノブとガラス窓の鍵を念入りに巻き
最後に羊と私をいっしょに巻いた
羊の匂いがなつかしくて
もう何も考えられない

包帯の終わりが戸籍謄本となっていて
私は自分の昔の姿を思い出し
羊の瞳にもう一匹の羊が映る
もう何も怖くない

羊も私も部屋も家も空も
薄緑色の真空に沈んでゆく

観覧車

この国に観覧車が増えてきた
遊園地だけでなくデパートの屋上にもある
もしかしたら海のなかにもあるかもしれない

観覧車に乗るたびに思う
生きている時間の上り坂と
ある時からの下り坂を

横浜港近くの巨大な観覧車
鹿児島の駅ビルの屋上の小さな観覧車

大きな観覧車の道のりは遠いのだろうか
小さな観覧車に密やかな人が乗れば
それも遠い道のりなのだろうか

てっぺんからすこし下ったあたりで
窓に微かな暗緑色の風が当たる

観覧車には一人で乗らない
いつか読んだ村上春樹の小説のように
乗っているのに気づかずに係員が帰ってしまい
一晩ゴンドラのなかで凍えて過ごし
朝までに白髪になってしまうのが怖い

高校の同級生だったハスキー犬に似た男友達を呼び出して
いつも一緒に乗る
男友達は私が観覧車でしゃべらないのを知っているので

水色の瞳で外を見ている
私も人の生きていく道のりを思いながら
港の灯や暮れゆく低い山々の輪郭を見ている
男友達は光の角度で
犬に似た人であったり
人に似たハスキー犬であったりする

踏切

駅から下り方向に
緩やかにカーブを描く線路
カーブの終わりにある踏切

横浜港を抜けて来た下り電車は
潮の匂いのしぶきを
踏切の人々に浴びせて通る
湘南の海沿いから来た上り電車は
気まぐれに屋根から
小田原鰺を振り落とす

大好きなノスリがいれば
いいのだけれど

仕事を終えたヤコブやヨセフたちが
線路向こうの焼鳥屋に向かうが
濃い煙に　通りが灰紫色に沈む
自分が翼で煙を払ってやると言ってくれる
大好きなノスリがいない

髪に潮の匂いのしぶきと青と銀色の鯵と
煙の匂いを載せて　線路際にたたずむ
大好きなノスリが飛んで来ないので
寂しくなって　警報機になる
無音で赤いランプを点滅させる
規則正しく忠実に
まだ来ないノスリを待ちわびる

神田川聖橋

谷底の街から坂道を上る
途中の楽器店から
液体のようにこぼれ落ちそうな灰色の影が
人差し指を上げて言う
橋を渡り始めて七番目の者に合図せよと
神田川聖橋
夕霧のなかをやって来るのは
人ではなくて仔羊ばかり
蹴とばせば川に飛んでゆきそうな大きさの

七番目の黒い仔羊と目が合う
上着のポケットに跳び込んできて
それは生麩のように頼りない

聖橋を引き返す
仔羊を捧げて過去を抹消するのだ
一生一緒に生きるとの宣誓書が
近くの教会の地下倉庫にあるはず
行方知らずの元同居人との署名
あれは果たして人だったのか

ポケットのなかで怯えたように
黒い仔羊の金緑色の目が光る
振りむけば
羊の大群が橋のほうから
光を拡散しながら駆けてくる

村へ

あの村へ行きたいのなら
どうしても行きたいのなら
波頭を越え　雲間から漏れる斜光に祈り
花野の一本道を歩き
葉のない疎林を越えて行きたいのなら
一枚の手紙を書かせてください
薄青色に小雪の舞う便箋に
針葉樹の針を並べて

運がよければ

バイソンか狼に出会え
もっと運がよければ
葉のない疎林を一緒に抜けてくれる
話しかけてはいけない
言葉が一番疎ましい

疎林の向こうの村に着いたら
蜂蜜を作っている家を訪ね
トトト　トト　トトトと
雫のように扉を叩き
私の手紙を渡すのがよい
朝になれば分かる
村は全て石でできていると
人も家畜も蜜蜂も

テーブルに広げたままの

針葉樹の針の手紙
それは私からあなたへの手紙
炊事場から石の私は姿を現す
渡ってゆく白鳥が
最後の選択を迫る
あなたにとって運がよければ
私にとって運がよければ

湖

U字谷の両側の山が
深い緑で覆われているので
昔氷河だったとは信じられない
それでもやがて両側の山が
空への出口となるあたりに
水深の浅そうな湖がある

魚がいるかと水辺に寄ってみるが
細い水草が揺れているだけだ
足元近くに水が湧いている

湖のなかの泉
何千年前の水なのか
昨日の雨の水なのか
すくって飲んだ途端に
体に届く波紋

一匹の灰色の鹿を先頭に
半透明な人の群れが湖を渡ってゆく
それぞれ小さな筏に乗って
U字谷の果ての
空に続くあたりを目指して
先頭の灰色の鹿が突然こちらを見た
口を閉じているのに笑んでみえる
筏は夕陽に紅い湖を
淡い影となって遠ざかっていった

いつか私も迎えに来てくれるといいのだけれど
夜のベールを纏い始めた森沿いの道を
ゆっくり歩いて戻る
暖かな　温かな　一日の終わり

祝祭明け

イースターが過ぎ
白い道が森にはっきり伸びている
青いシカモアの森を抜け
低い石灰岩の山を越え
針葉樹の森に入ると
やがて広がる湖
夕暮れなのに群青色なのは
祝祭明けに天使も大天使も
疲れきって眠っているからかもしれない
私の守護の天使は

祭用に紫色に染めた翼を洗い流すための
スカンポのブラシを持ったまま眠っている

長髪の痩せた男が網を打つ
魚がたくさん捕れるがすべて水に返す
魚は騒ぐ　高音で
次は鳥たち　さんざめく
次は花々　やかましい
頬の欠けてきた月が昇る
湖面に影がちぎれる
男はその白い欠片を網で掬うと
さっさと森の奥に姿を消した

疲れて翼を洗う気を無くした守護の天使が
「もう帰りましょう」と言う
何処へ

「私たちは家に帰れるでしょうか」
守護の天使と私は久しぶりに手をつなぐ
イースターの祝祭が明け
明日からまた
たくさんの森を越えてゆく

あとがき

第二詩集『夜の聖堂』刊行後、六年という歳月が流れた。旅の情景と思いを随分記してきたが、ここ数年は疫病が地球を覆い、遠くに旅に出ることができない状況となった。しかし、光、色、大気、過去の時間、未来の時間をさまよう心の旅は続き、そんな中で出会った人々や動物たち、そして見え隠れする影のような幻のような気配が、温もりと慰めを与えてくれた。

本詩集上梓にあたり、装画を描いてくださった辻憲氏、思潮社編集部の遠藤みどり氏、いつの時代も支えてくださる方々、そしてこの本を読んでくださった方々に心より感謝いたします。

二〇二二年九月

草野早苗（くさの・さなえ）

東京都生まれ

詩集
『キルギスの帽子』（二〇一二年、思潮社）
『夜の聖堂』（二〇一六年、思潮社）
句集
『ぱららん』（二〇二〇年、金雀枝舎）

祝《しゅく》祭明《さいあ》け

著者
草野《くさの》早苗《さなえ》
発行者
小田久郎
発行所
株式会社思潮社
〒一六二―〇八四二　東京都新宿区市谷砂土原町三―十五
電話〇三―五八〇五―七五〇一（営業）
〇三―三二六七―八一四一（編集）
印刷・製本所
三報社印刷株式会社
発行日
二〇二二年九月三十日